حكايا ست الحسن 2

حكاية أبواق الملائكة

القاتل البريء

زنبق الوادي

الناريوم

د. جُمان الريحاني

إهداء..

إهداء إلى حكايات عالم الخيال

إهداء إلى الأساطير والحكايات الغريبة

إهداء إلى عشاق عالم القصص والخيال

جمان الريحاني

أبواق الملائكة

كانت تعيش السيدة كولونيا عل قمة جبال الاندير في فنزويلا، كانت تعيش وحيدة ولا أحد يقترب من بستانها المليء بأشجار أزهار أبواق الملائكة.

لقد كان بستان أشجار جميل علة قمة جبل، بألوان مختلفة تذهب العقول بجمالها الخلاب، كانت كأنها أجراس تتدلى إلى الأسفل بألوانها المتنوعة.

فكل شجرة لها لون الأحمر، الوردي، البرتقالي، البنفسجي، الأزرق، الأصفر، الأبيض .....

كما أن السيدة كولونيا كانت لديها عادة جميلة فهي كل يوم ترتدي فستانا بأحد ألوان تلك الأشجار التي تمتلك وتنزع الأزهار من تلك الأشجار، التي بلون فستانها تزين بها بيتها الجميل بغرفه الرائعة.

كان البيت أشبه بالشاليه على قمة جبل، وبه غرفة جلوس كبيرة لها الكثير من النوافذ التي تطل على الجبل، وعلى أشجارها التي تحيط بالبيت بأكثر من جانب.

لقد كانت السيدة كولونيا غريبة جدا، كانت تعيش هناك لوحدها ولا احد يقترب من بيتها، وذلك بإرادة منها، فهي كانت تبعد الناس عن تلك المنطقة ولا تحبذ وصول أحد إلى بيتها.

تتمتع السيدة كولونيا بوجه مشرق وعيون غامضة وشعر مرفوع إلى الأعلى، على شكل كعكة ولها غرة صغيرة على الجانب الأيسر من جبينها، تلبس فساتين منفوشة.

في يوم من الأيام، مرت فتاة بتلك المنطقة من الجبل، وقد كانت سمعت عن السيدة التي تعيش هناك.

كانت السيدة كولونيا تبلغ ... لا أحد يعلم كم تبلغ من العمر، ولكنها كانت تعيش هناك منذ الأزل، ومن كان رقد لمحها أو رآها يقول بأنها كانت تبدو متوسطة العمر ولا يظهر عليها السن الحقيقي.

كانت السيدة كولونيا جميلة جدا تعيش لوحدها ولا تستقبل أحدا في بيتها.

أما بالنسبة لتلك الفتاة أوريانا فقد كانت مصورة فوتوغرافيا، وقد جاءت إلى هذه المنطقة من الجبل والتي كانت تقريبا محظورة فلا أحد يقصد هذا المكان لوجود تلك السيدة كولونيا، وأشجارها المزهرة والتي تصدر صوت أجراس مع الرياح.

يشبه صوتا كلام غير مفهوم.

أوريانا كانت فتاة مغامرة في مقتبل العمر في العشرينات، في العقد الثالث من العمر، ليس لديها صديق حميم أو حبيب أو خطيب أو زوج، تعيش لوحدها في شقة قد أجرتها منذ أسبوع.

لقد كانت تشعر بالوحدة قليلا ولكنها شغوفة بالتصوير وتجد المتعة في عملها الذي يشغلها ويوفر لها المال من أجل الاحتياجات المختلفة في الحياة.

اوريانا يتيمة وقد عاشت كل حياتها في ميتم حتى بلغت سنا معينة، فاعتمدت على نفسها، وعملت في عدة أعمال بسيطة لكي تدرس.

ولكنها لم تستطع أن تحصل على منحة دراسية، ولم تكن تمتلك مالا لكي تدفع أقساط الجامعة.

عملت وتنقلت من مكان إلى آخر وكانت تحاول جمع بعض المال، حتى تمكنت مؤخرا وأخيرا من شراء آلة تصوير، وقد كانت تعشق التصوير وأن تأخذ صورا لأشياء بطريقتها هي ووفق نظرتها هي.

تمكنت اوريانا أن تقنع رئيس مجلة النباتات بمجوعة من الصور، فتمكنت من نيل الوظيفة وهذا منذ أسبوع فقط، فأجرت الشقة التي لم تكن تبعد عن مقر المجلة كثيرا.

مهمة مجهولة

لم يكن أحد يعلم لما لا تحب السيدة كولونيا تواجد الناس في منطقتها.

صعدت اوريانا في تخف عن الجميع إلى ذلك الجبل، أرادت أن ترى السيدة المعمرة التي لطالما سمعت عنها، وأرادت أن تكتشف سر ابتعادها عن الناس.

أرادت أيضا أن تقترب من تلك الأزهار التي يقولون بأنها سامة، لطالما تم تصوير الأزهار من بعيد ولكنها أرادت أن تقترب من ذلك البستان الملون، وأرادت أن تحتك بتلك السيدة التعيش بالقرب من بستان مليء بأشجار الأزهار السامة وتعتني بها ولكنها لا تخاف منها.

كانت أوريانا قد أجرت بحثا عن تلك الأزهار التي كانت سامة بالكامل، ولكنها لازالت لا تفهم لما تلك السيدة تهتم ببستان كامل منها.

لاحظت اوريانا التي كانت تقوم بالتصوير من على مسافات بعيدة، باستعمال عدسات كاميرا تصويرها المتطورة بأن هناك حركة في داخل البيت.

ولكنها لم ترى شيئا بأم عينها، أي لم ترى إلا بعض الستائر تتحرك وبخار ودخان يتصاعد من المدخنة.

قررت اوريانا أن تتقدم من البستان، لأنها أرادت أن تلتقط بع الصور بالقرب من الشجيرات، خاصة أنها وكأنها التقطت صورة لشيء يتحرك في الأسفل بين الشجيرات.

وهي تعلم جيدا بأنه لا يمكن للحيوانات أن تعيش بالقرب من تلك الشجيرات السامة.

اقتربت ولم تجد شيئا..

اقتربت شيئا فشيئا وهي حذرة من الاحتكاك بالشجيرات فربما يصيبها السم الذي يصيب بالشلل أو ربما بالهلوسة.

لقد اكتشفت اوريانا بأنها تخاف بسرعة، وهي لم تكن تعلم ذلك فهذه أول رحلة ميدانية لها.

لطالما كانت تعشق التصوير والسفر، فالتحقت
بمجلة تهتم بالنباتات والطبيعة والبيئة

فكانت أول مهمة موكلة لها، هي بعض الصور
لأزهار في المدينة تعرف بأزهار فيولا كريانا

Viola cryana

أزهار تحاول البلدية التخلص منها من الحدائق
العامة، وهناك أيضا من توجد لديه البعض منها في

المشاتل الخاصة والحدائق المنزلية، رغم أن غرسها مخالف للقانون إلا أنه يوجد بعض المخالفون لذلك القانون.

رغم كل ذلك ورغم أن المهمة لم تكن مستحيلة، لكن اوريانا أرادت أن تبهر رئيسها في العمل، وهذا ما جعلها تجازف..

كتبت تقريرا عن أزهار أبواق الملائكة، وذهبت إلى أشهر مكان في ذلك الجبل حيث تقيم تلك السيدة التي لا يجرؤ أحد على الاقتراب منها، لكي تأخذ صورا لم يسبق أن تحصل على مثلها احد.

أرادت اوريانا أن تجلب صور أزهار فيولا كريانا مع التقرير الفريد من نوعه عن أزهار أبواق الملائكة، والسيدة كولونيا التي تعيش في الجبل بين أشجار الأزهار السامة.

تقدم بلا تراجع

وهكذا مع اقترابها الفضولي الذي كان يزداد شيئا فشيئا، وكلما اقتربت أصبح الفضول أقوى، لم تنتبه حتى أصبحت في الحقل تماما.

وليست فقط قريبة منه، وهذا ما جعلها تستنشق الكثير من عبير الأزهار الذي لم يكن جيدا استنشاقه.

لقد أعجبت بالرائحة عندما أصبحت قوية، وفجأة خرجت سيدة جميلة من البيت، ونادت قائلة:

كولونيا تعالي.. ماذا تفعلين عندك؟

وفجأة.. أصبح المكان أكثر جمالا، وكان الربيع قد
حل والغريب أن أزهار الأبواق قد أصبحت مستقيمة
متجهة إلى الأعلى.

وجاء نسيم خفيف ورنت الأزهار، وكان صوت
الرياح يقول لقد ولت الأميرة كولونيا الجديدة اليوم.

لقد ردت تلك اوريانا على تلك المرأة التي كانت
تنظر

إليها وقالت:

أنا قادمة يا أمي..

لم تكن كولونيا ترد بمنتهى أرادتها، بل وكأن شيئا ما
تلبسها.

نظرت كولونيا إلى ثيابها، لتجد بأنها ترتدي فستانا
أبيض اللون، ومظهرها مختلف بعض الشيء.

لقد تغيرت من ناحية الشكل الخارجي، ولم تعد تشبه نفسها كثيرا أي أن تغيرا قد طرأ عليها، لا يمكن أن تتغير في لحظة وأخرى آو بين يوم وليلة.

كما أن التغيير الذي طرأ عليها لم يكن منطقيا جدا.. لقد كانت تبدو كأنها أصبحت أصغر سنا.

لم تدرك اوريانا أنها تجيب عندما تمت مناداتها
باسم غير اسمها، ولم تدرك بأنها لم تعد تشبه نفسها
قبل بضع ثواني، ولا لها نفس الهيأة.

لقد كانت ترتدي قبل قليل بنطالا من الجينز
وبلوزة وردية وجاكيتا قصيرا بني اللون.

كان شعرها على شكل ذيل حصان، وها هو الآن
مسدولا مسرحا ويتطاير مع الهواء، وهو طويل
وراءها منسدل على ظهرها.

ذهبت إلى البيت وهي تطير مع الهواء، وكأنها
تشعر بفرح كبير، وتلعب بفستانها الجميل.

دخلت.. وقالت لوالدتها:

ها قد جئت يا أمي..

السيدة كولونيا:

حبيبتي.. لقد كنت أنتظرك منذ ومن طويل..

أوريانا:

حقا؟

السيدة كولونيا:

نعم.. يا حبيبتي.. أنا أشعر بتعب شديد وقد حان الوقت لكي أرتاح..

أوريانا:

ماذا تقصدين؟

السيدة كولونيا:

لقد ولدت اليوم، واليوم نصبت على أنك أنت سيدة هذا البيت، وسيدة هذا البستان

أنت السيدة كولونيا الجديدة..

أوريانا:

ماذا يا أمي؟

السيدة كولونيا:

لا تخافي.. يا ابنتي.. سوف تتعلمين كل شيء مع الوقت

أوريانا:

كل شيء؟

السيدة كولونيا:

نعم.. سوف تساعدك الشجيرات، أنصت لصوت الرياح وسوف تعرفين كلما يجب عليك فعله

أوريانا:

هل ستتركينني لوحدي؟

السيدة كولونيا:

لا .. بالطبع لا ..

نحن كلنا مرتبطون، كل ما عليك فعله هو الاعتناء بالبيت والشجيرات، ولا تسمحي لأحد بالاقتراب من البيت.

أوريانا:

هل أعيش بمفردي؟

السيدة كولونيا:

لا طبعا.. أنا معك وعائلتنا وكل الأشجار، الم تسمعيها تكلمك قبل قليل، إنها تمدك بكل ما تحتاجينه.

سوف تجدين.. الاهتمام، الحب، الحياة، الانتماء، الصداقة الحياة..

سوف تعيش حياة طويلة جدا، ولن تندمي على يوم منها

سوف تتذكرين كل الذكريات السعيدة، ولن تهتمي بالسيئة لأنها لن تبق في ذاكرتك.

سوف تكونين في أمان بين الشجيرات، ولن تخافي من شيء لأنك غير مهددة على الإطلاق، الملائكة التي خارجا تحميك وتطلق الأبواق لمساعدتك.

الأشجار تحميك بكل الاتجاهات وهي عطوفة للغاية.

سوف تشعرين بالسعادة كل يوم.

أعدك بذلك

لا تهتمي بمورو الزمن لأنك لن تشعري به.

عيشي كل يوم على انه حياة بأكملها، واستمتعي بالحياة، استمتعي بالهواء النقي والمناظر الجميلة التي تراها عيناك كل يوم، استمتعي بكل تلك النعم التي حظيت بها من أجل أن تستمتعي بالحياة.

استمتعي بالحياة التي ربما تصبح في نظرك بأنها أبدية، ولكن الأمر ليس كذلك فلا شيء يدوم إلى الأبد،

بل هناك نهاية مقترنة مع كل بداية، ولا محالة في وصول تلك النهاية عاجلا أو آجلا.

الأمر الوحيد هو أنه عندما تشعرين بالتعب يجب أن تجدي ابنة تتولى عنك المهمة.

لم تكن أوريانا تستغرب من كلام والدتها، بل كانت تستمع إليها بإنصات، وتحاول أن تفهم وتستوعب كل ذلك الكلام، وقد كان كلماتها الأخيرة بمثابة وصية لابنتها.

كانت السيدة كولونيا واضحة في وصيتها لابنتها بأن تحافظ على الحياة في تلك المنطقة بنفس أسلوب حياتها هي، وأن تجد ابنة تخلفها.

نعم.. لقد أوصتها بأن تجد خليفة لها، ولم توصها بأن تتزوج مثلا أو تنجب، بل أوصتها بأن تبحث عن ابنة وتجعلها ابنة لها ابنة تشعر بأنها سوف تخلقها وتحفظ الوصية والأمانة التي سوف تحملها لها.

لقد كانت الحياة تسير بهذه الطريقة، فعندما تشعر الحارسة بالتعب سوف يكون قد حان الوقت لكي تجعل ابنة لها، وأن تعطيها زمام الأمور.

فقد أخبرتها بذلك بكل وضوح وقالت لها:

عندما تشعري بالتعب فهذا يعني بأن وقتك قد شارف على الانتهاء، وأنك أنجزت مهمتك بنجاح، ولكن.. ما بقي أمامك ليس وقتك بل هو وقت لكي تجدي خليفتك لكي تجدي ابنتك..

يجب أن تجدي ابنة في أقرب فرصة وأن تجعليها خليفتك في البيت والأرض وان تحمليها الرسالة عنك،

في تلك اللحظة سوف تتحررين ..

وسوف تغادرين التعب الذي شعرت به

أحبك كولونيا..

أوريانا:

أحبك أيضا يا أمي..

السيدة كولونيا:

والآن.. علينا الاحتفال لقد أعددت وجبات سوف تنال إعجابك بالتأكيد

أوريانا:

بالتأكيد يا أمي..

في اليوم الموالي استيقظت كولونيا، وهي أكبر سنا ولم تكن والدتها في البيت.

لقد تغيرت مرة أخرى..، وفي ليلة وضحاها، هل يعقل ذلك؟

لقد تغيرت ملامحها وتغير شكلها، وأيضا سنها وملابسها وكأنها أصبحت امرأة أخرى، ولكنها لازالت نفسها، بل ربما لم يبق منها الكثير.

لقد أصبحت امرأة ناضجة، وبحياة جديدة..

لقد كانت وكأنها ليست هي رغم أنها هي

وكانت في ذلك البيت لوحدها، فقد اختفت والدتها ولكنها لم تبحث عنها، وكأنها نسيت بأنها كانت تنادي السيدة كولونيا بوالدتي.

وكأنها قامت من نومها بذاكرة جديدة..

لقد قامت من نومها شخصا آخر، شخصا جديدا

كولونيا من جديد

لقد كانت تقوم بكل الأعمال التي كانت السيدة كولونيا التي سبقتها.

ارتدت فستانا وجدته على السرير بعد أن أخذت حماما، الفستان يشبه الفستان الذي كانت ترتديه السيدة كولونيا يوم أمس.

ولكن بلون مختلف، هذا الفستان كان لونه وردي فاتح اللون وبه بعض اللون القاتم في الأسفل.

ثم وجدت طعام الإفطار جاهزا، وعلى الطاولة أيضا الكثير من الأزهار التي لها نفس لون فستانها.

أخذت الكثير ووضعته في مزهريات في كل أرجاء البيت، ثم جلت تتناول الطعام.

وبعد ذلك خرجت لكي تتجول في البستان حيث كانت الشجيرات ترحب بها وتناديها بالسيدة كولونيا، وتخبرها بأنها تحبها.

كانت اوريانا أو السيدة كولونيا الجديدة تشعر بالسعادة بحياتها الجديدة

والتي لم تكن تعلم بأنها جديدة، لقد كانت تتصرف تماما مثل السيدة كولونيا السابقة.

سيدة جميلة تعيش في بيت على الجبل وسط بستان مليء بأشجار أبواق الملائكة الملونة

والتي كانت كالملائكة الحارسة للسيدة كولونيا التي ترعاها هي الأخرى بحب واهتمام، فهي ملاكهم الحامي بدورها.

القاتل البريء

كان هناك في منطقة تلال في أوروبا في هولندا بالذات، زهرة ينعتها الجميع بالقاتل البريء..

كان الناس يحصلون عليها من تلك التلال بحذر شديد، ويقومون بعصرها وبيع المحلول على انه سم مميت قاتل في ثواني.

لقد كان ذلك السم مرخصا، ولكن أكثر الذين يستعملونه كان العطارون، والذين يعملون في مجال الطب بالأعشاب.

عندما سمعت شركة تجارية في علم الأدوية، وهي شركة ناشئة عن هذا النوع من السموم.

قرر منشئ الشركة كان يعمل في مجال الأدوية، ولكنه أراد أن ينشئ شركته الخاصة، بعد أن توفي والده وترك له مبلغا من المال، أصبح بإمكانه أن يبدأ به مشروعه..

استأجر مختبرا صغيرا.

وقرر أن يحاول بيع أدوية مصنوعة من الأعشاب أكثر شيء، ولكنه كان قد سمع عن ذلك القاتل البريء الذي يستعملونه في التلال هناك..

لقد كان لدي باتريك قائمة بالأدوية التي كان يجهزها منذ مدة، ولكنه ليس مقتنعا كثيرا، لأنه مازال أمامه عمل كبير، لم يكن مقتنعا كثيرا.

أراد أن يجهز الكثير يجهزه بكل معنى الكلمة من موافقة المختبر ومنظمة الصحة.

لقد كان يفكر في ابتكار يفيد البشرية، ولأنه كان شاب جيد فقد كان يتبع القانون، وأراد أن يتم التصريح بدوائه الذي سوف يبتكره، وأن يكون بيعه في الصيدليات أو محلات بيع الأدوية قانونيا، ويمكن لأي

أن يقتنيه لكي يتخلص من الألم ومرضه والحياة عموما.

أراد أن يضع في السوق أدوية بسيطة، ويمكن شراؤها بأثمان بسيطة.

أراد أن يوفر علاجا للأمراض، وتخفيف الآلام بأثمان في المتناول.

لقد أراد أن يساعد الناس، ولكن كل الناس أي أن يكون الدواء في متناول الجميع.

أراد أن يعتمد على الطبيعة.

عندما سمع عن القاتل البريء، أراد أن يجعله في قائمته من أجل القتل الرحيم للإنسان أو الحيوان.

هناك من لديه حيوان مريض ولا يريد أن يتألم حيوانه، وأراد أن يخلصه من الألم.

لقد أراد أن يتبنى ذلك القاتل البريء.

ذهب باتريك إلى التلال فاقترب من محلات الأعشاب لكي يسأل عن ذلك السم.

تعرف على كيفية استعماله وما إلى ذلك..

ثم توجه إلى التلال.. لكي يرى أين تنمو تلك الأزهار، وما إذا كان بإمكانه أخذ البعض منها، لكي يتم زراعته في مدينته.

لقد سمع أيضا بأن تلك الأزهار هي تنمو في البرية، وربما لا يمكن زراعتها وتحويلها إلى أماكن أخرى.

توجه باتريك إلى التلال وعندما وصل إلى ذلك المكان الذي وصفه له عطار في المدينة، تعود أن يأخذ من تلك الأزهار التي كان لها موسم واحد للنمو.

لقد أخبروه بأن الحيوانات تعلم بأن تلك الأزهار سامة ولا تقترب منها..

وجد باتريك تلك الأزهار..، بعد أن رأى أرنبا أبيض اللون صغيرا من أرانب القزم الهولندي يمشي في نفس الاتجاه الذي كان هو متجها إليه.

وبعد قليل رأى تلك الأزهار لقد اقترب منها الأرنب بطريقة سلسة.

لم يكن الأمر مثلما سمع بأن الحيوانات تتحاشى تلك الأزهار.

لقد تمسحت تلك الأرنبة البيضاء الصغيرة بالأزهار واشتمتها.

بدت وكأنها لا تخاف منها.

لقد بدت وكأنها تقضم منها قضمة بعد قضمة، ولكنها لم تمت أو تتسمم.

لم تؤذي تلك القضمة من الزهرة الأربنة، بل كان الأمر وكأنه عادي ولا خطر على الأرنب من الزهرة السامة.

خاف كثيرا باتريك على تلك الأرنبة، فمن المؤكد بأنها سوف تموت من تلك الأزهار.

حاول باتريك أن يبعد الأرنبة عن تلك الأزهار حفاظا على حياتها، فصرخ عليها عاليا لكي تبتعد.

ولكنه عندما فاجأها..، فجأة.. تحولت إلى سيدة جميلة تلبس فستانا أبيض اللون ناعما، وعليه بعض الوبر يشبهها عندما كانت أربنا صغيرا.

كان لديها أيضا شعر أبيض ورموش بيضاء.

وقالت له:

لما كنت تصرخ؟

باتريك:

لا يمكن أن أصدق

السيدة:

ماذا؟

باتريك:

ما حدث؟

السيدة:

ماذا، أنني إنسان، أنني أرنب أو أنت تقصد الأزهار..

باتريك:

كل ذلك وأكثر، هل أنا أهذي؟

السيدة:

لا أنت بخير، لست تهذي، ولست تحلم ولست ميتا أيضا..

باتريك:

من أنت؟

السيدة:

أنا أم الأزهار.. أنا هو القاتل البريء

باتريك:

هل تقصدين بأنك الزهرة؟

السيدة:

نعم.. وأنا الأرنب أيضا..

باتريك:

ولكن.. كيف يمكنك فعل ذلك؟

السيدة:

هل حقا تريد أن تعرف هذه التفاصيل؟

أم أنك هنا من أجل السم الذي في الأزهار.

باتريك:

نعم.. فعلا.. ولكنني أشعر بالفضول..

السيدة:

بالنسبة للأزهار لا يمكنها النمو في مكان آخر، ولكن يمكنني أن أقوم باستثناء..

باتريك:

من أجلي..

السيدة:

طبعا.. إن كان بإمكانك أن الحفاظ عليها

باتريك:

هل حقا تعنين ما تقولين؟

السيدة:

نعم..

باتريك:

لا يمكنني أن أصدق

السيدة:

هل تعلم بأنك تقول.. لا يمكنني أن أصدق كثيرا؟

باتريك:

ولكن.. كل هذا لا يصدق بالنسبة لي..

السيدة:

كذلك أن تعالج الناس أمر لا يصدق، وأن يكون عملك لمساعدة الناس هو أمر لا يصدق، وأن تقتل شخصا هو أمر لا يسهل تصديقه..

أنت تريد السم للمساعدة.. ولكنه في الأول والأخير هو سم ويقتل.

ألا تشعر بالذنب عندما تقتل حيوانا لم يؤذي شخصا في حياته، وكلما يطلبه هو أن يعيش بسلام.

ألا تظن أن المريض يستحق فرصة الانتظار، ربما يتم إخراج علاج لمرضه بينما هو لا يزال على قيد الحياة

ألا تظن بأن المريض قد يتعافى بأية وسيلة بدل أن تقوم بقتله.

ربما بفضل معجزة ربما يحدث ويشفى.

لما تريدون استعمال السم باسم العلاج، ما تفعله ليس علاجا.

يمكنك أن تصنع علاجا بدل القتل بالسم أو بيعه على أنه علاج.

السم ليس علاجا..

باتريك:

ما الذي تقصدينه؟

السيدة:

أريد أن أعرف لما أنت هنا؟

باتريك:

لأجل الأزهار

السيدة:

فيما تريدها؟

باتريك:

أريد أن أقوم بغرسها في بيتي، هناك مكان قد خصصته للكثير من النباتات التي استعين بها في صنع العلاجات

السيدة:

هل أنت مقتنع ببيع السم للناس؟

باتريك:

لقد سمعت بأنهم يبيعونه في المدينة القريبة من هنا..

السيدة:

لقد سألتك..

هل أنت مقتنع ببيع السم للناس؟

باتريك:

لا..

السيدة:

لما أتيت إذن؟

باتريك:

أردت أن أرى الزهرة التي تستطيع قتل الإنسان
والحيوان على حد سواء، وهي زهرة جميلة وبريئة.

السيدة:

ولما كنت تريد أن تأخذها معك؟

باتريك:

من أجل أن أتذكر دائما.. ، وكلما رأيتها.. بأنه من
الممكن لشخص يظهر بأنه بريء أن يقتلك وبكل هدوء
ولطافة

يجذبك بشكله وجماله ثم وببساطة يقوم بقتلك.

السيدة:

لقد توصلت إلى جوهر الموضوع وحقيقته..

باتريك:

ما هو؟

السيدة:

الزهرة لا تقتل كل الناس ولا تختار ضحاياها

إنها تقتل كل من يقترب منها فقط..

تقتل الذي يقترب منها..

دفاعا عن نفسها..

فربّما من يقترب منها يضمر لها السوء

إذن.. إنها بريئة من القتل.

لذا يمكنك أن تسميها القاتل البريء

باتريك:

ولكن لقد جذبتهم بجمالها وهدوءها

السيدة:

وأنت جذبك الفضول إلى هنا، والفضول أيضا يقتل أصحابه أحيانا، ألا تظن ذلك؟

باتريك:

لقد كنت أريد أن أدرس تلك الزهرة، فربّما يمكنني مساعدة الناس..

السيدة:

إذا كنت لازلت مصرا، يمكنني أن أساعدك، ربّما يمكننا التوصل إلى شيء..

باتريك:

كيف تساعدينني؟

السيدة:

سوف أسمح لك بأخذ زهرة..

باتريك:

هل حقا تعنين ما تقولين؟

السيدة:

نعم.. ولكن بشرط..

باتريك:

وما هو الشرط؟

السيدة:

أن تعيش تجربة، أن تقتل شخصا

باتريك:

ولكن ماذا تقصدين؟

السيدة:

أريدك أن تآخذ ذلك الخنجر الذي على الأرض وأن تقتلني.

قامت بفرقعة إصبعين ليصبح أمامه على الأرض خنجر كبير وحاد يلمع تحت أشعة الشمس.

باتريك:

أوه..

لا يمكنني فعل ذلك

حتما.. لا يمكنني أن أقتلك

السيدة:

هل حقا لا تستطيع أم أنك لا تريد؟

باتريك:

لا أستطيع..، وأيضا لا أريد

ولما عساي أفعل ذلك

السيدة:

إذن فقط ينقصك الدافع، اعتبر أنني مريضة وأتوسل إليك، بأن تخلصني من العذاب.

وفرقعت إصبعين حتى أصبحت نائمة على سرير شاحبة الوجه.. تتوسل إليه لإنهاء حياتها.

ولكن.. باتريك توسل إليها لكي تتوقف عن فعل ذلك وأخبرها بأنه غير قادر على فعل ما تريد.

باتريك:

رجاء.. توقفي يا سيدتي..

السيدة: (بعد أن فرقعت إصبعين.. لكي تنهي كلّما كان باتريك يراه أمامه، وعادت إلى شكلها كامرأة)

حسنا.. ماذا تريد اذن؟

أنت لم تمر بالتجربة التي طلبت منك خوضها

ولكني.. رغم ذلك سوف أعطيك زهرة.

أظن أنك تستحق ذلك.

أنظر.. توجه إلى تلك الأزهار، خذ الخنجر
واقتطف إحداها..، ولا تندم على مساعدة الناس، ولا
تعتبر نفسك أنك تقتل أحدا.

أنت تساعد على تخفيف الآلام، وإنهاء حياة إنسان
أو حيوان لم يعد يستطيع تحمل ألم.

أنت لم تخففه.. ، فتجعل الألم يختفي بإنهاء تلك
الحياة.

لم يكن مسموحا قطف تلك الأزهار، ولكنها سمحت له
بقطف واحدة.

ولكن الأمر الغريب الذي حدث، هو أنه أخذ
الخنجر وقطع جذع زهرة فإذا بالسيدة التي وراءه
تنزف دما وسقطت على الأرض.. ، يبدوا أنها فعلا
كانت تلك الزهرة.

ثم تحولت إلى أرنب ينزف..

ثم اختفت.. بعد أن قالت له: يمكنك أن تغرس الزهرة
في مشتلك..

ربّما تنقذ حياتي.. وربّما أعود للحياة من جديد.

هل رأيت لقد قتلتني دون أن تقصد فعل ذلك

أنت قاتل وفي نفس الوقت بريء..

مثلي بالضبط نحن متشابهان..

خاف باتريك كثيرا لما فعله، ثم فهم بأن كلامها
صحيحا فقد قالت له:

سوف أسمح لك بأخذ زهرة إن قتلتني، لم تكن تريد
تخويفه، بل فعلا كانت تقصد ذلك

حزن كثيرا.. ولكنها.. طلبت منه أن لا يندم على
مساعدة الناس..

خرج من الغابة..، وهو في حالة صدمة لا يعرف
إن كان يجب أن يصدق ما فعل.. أو أن الأمر لا
يصدق..

عاد إلى مدينته وقام بغرس الأزهار التي ومن
عجيب الأمر قد نمت في مشتله وبشكل كبير وجميل.

لقد كان يتخيل تلك السيدة في كل الأزهار، فقام بتصنيع ذلك السم أو ما كان يطلق عليه هو الدواء، وأطلق عليه اسم القاتل البريء.

النار يوم

كان يما كان في قديم الزمان..

كان هناك رجل فيزيائي كيميائي يقوم بالتجارب الكثيرة، ولديه مختبر يحب البقاء فيه لساعات وساعات..

كان لهذا الرجل زوجة، وقد كانت زوجته مريضة وكان كل يوم من أجلها يبقى في مختبره من أجل أن يجد لها علاجا يساعدها به.

حيث كانت زوجته تعاني من مرض نادر الوجود، ولم يسمع عن مرضها أحد من قبل ولم ير أي أحد يعاني من نفس مرضها.

لقد كانت تعاني من أمر غريب، وغريب جدا وهو أنها لا ظل لها، ليس لديها ظل.

وذلك سواء كانت واقفة أو جالسة وسواء كانت تحت الشمس أو الإضاءة الداخلية.

وهذا الأمر لم يكن بسيط، بل كان يسبب لها أمرا أكثر صعوبة وخطرة، لقد تسبب عدم وجود ظل لها شرخا بينها وبين زوجها.

لم تعد تستطيع الزوجة أن تتواصل مع زوجها لأنه ليس لديها ظل، ولا تتواصل مع أي احد آخر.

كان زوجها يعمل على التجارب ويعيدها مرات ومرات ويزيد في التركيز للمواد وينقص ويغير ويضيف ويحذف وهكذا على طول الوقت وهو في على تلك الحالة.

كان يريد أن يتوصل إلى الدواء الشافي لزوجته المسكينة، بعد أن عجز الأطباء عن علاجها.

لم تكن زوجته على هذا الحال دائما، بل حدث معها منذ فترة أمر جعلها هكذا.

في يوم من الأيام وبينما كان الزوجان ستيف وبيدرا في رحلة، حيث خرجا في يوم في رحلة تخييم إلى غابة لم يسبق لبشر أن زارها.

كانت تلك الرحلة هدية زواجهما، حيث قام بهذه الخطوة من أجل مفاجأة زوجته التي جمعته بها علاقة حب دامت لسنوات، ولكن كان ذلك أول عيد زواج لهما.

وفي رحلة التخييم تلك أقام الزوجان في تلك الغابة وكانا أول من يدخلها، وأول من يمشي على أرضها وخاصة كتخييم فلم يسبقهما لفعل ذلك أحد.

بالنسبة لستيف فقد دفع كلما يملك لكي يتحصل على تصريح بالدخول إلى تلك الغابة الممنوعة أو الحمراء، أي أنها منطقة خطيرة.

وقد كانت مدة إقامتهما فيها أربعة أيام، وتلك الأيام الأربعة كانت هي رحلة التخييم الخاصة بعيد زواجهما الأول.

أربعة أيام ورحلة كانت تعبيرا من ستيف عن حبه لزوجته، وامتنانه لأنهما قد اجتمعا تحت الرباط المقدس، رباط الزواج.

لقد كانت فكرة ستيف بأن يحتفلا بهذه الطريقة وقد خطط لهذه الرحلة جيدا وكان يأمل في أن تكون رحلة

لا تنسى، رحلة مليئة بالحب والعاطفة، رحلة خيالية في عالم الواقع، في مكان خاص وكما كان يقول في عالم خاص بهما هما الاثنان فقط حيث لا وجود للناس بل هما الاثنان فقط.

دخل الاثنان إلى تلك الغابة وكانت زوجته بيدرا سعيدة جدا بهذه الهدية المميزة والغريبة والفريدة، حيث تعاون الاثنان ونصبا الخيمة ورتّب ستيف كل شيء في مكانه المناسب، وهذا طبعا بعد اختيار المكان المناسب.

حيث أنه قد اختار مكانا بجانب الوادي، ذلك الوادي الجميل والمليء بأشجار ونباتات غريبة، لكن المنظر كان خلابا.

تدفق الماء وصوته الجذاب، والأشجار التي توزع ظلالها على ضفتي الوادي ، وتلك الأزهار الملونة التي تزين تلم النابتات وتزين المكان بأكمله.

بالفعل لقد كان ذلك المكان خلّاب والجمال جذّاب والجوّ كله يخطف الألباب.

رتب ستيف كل شيء وقضى الزوجان أجمل اللحظات في ذلك المكان.

قضى الزوجان اليومان الأولان أجمل ما يكون وكأنهما في عالم آخر، عالم من الأحلام.

كأنهما قد انفصلا عن العالم بأسره، وانتقلا إلى عالم آخر، عالم جميل بكل معنى الكلمة.

ولكن..

ولكن في اليوم الثالث للأسف وجد ستيف أمرا غريبا قد حدث معهما في ذلك الصباح.

في ذلك الصباح.. وجد ستيف بأن كل الطعام الذي أحضراه معهما من أجل الرحلة التي بقي أمامهما منها يومان قد تعرض للعفن، ولم يعد أي شيء منه صالحا للاستهلاك.

أخرج ستيف من الخيمة كل الطعام الذي لم يعد صالحا، ورمى الذي في الصندوق الخاص بالطعام، وأيضا ما كان في الحقيبة الخاصة.

وهكذا أصبح الاثنان بدون أي طعام ولا أي شيء يمكن أن يسد جوعهما وقد مازال أمامهما يومان من الرحلة.

لقد كانا مضطران للبقاء في الغابة ليومين إضافيين، لأنهما لم يكن في إمكانهما العودة إلى بيتهما.

لم يكن في استطاعتهما مغادرة الغابة إلى أن تمر الأربعة أيام، فيأتي من يقوم بإيصالهما إلى سيارتهما، وهذا كان هو الاتفاق.

لقد كان للرحلة قوانين واتفاق ولم يكن بإمكانهما فعل أي شيء، فهما لا يمتلكان سيارة ولا يعرفان الطريق، وليس لديهما خريطة.

لقد خافا من أن يتوها وعندما يعود ذلك الشخص لأخذهما قد لا يجدهما، أو ربما يحدث لهما أي مكروه.

انتظر ستيف حتى استيقظت زوجته فهو لم يشأ لن يقوم بإزعاجها، وبينما هو جالس كان يفكر.

فكر قليلا وقلق كثيرا فهما لن يستطيعا الصمود بدون طعام، وكان يجب عليه أن يتصرف.

بعد أن استيقظت زوجته أخبرها بما حدث، ثم قال لها:

اسمعي أنا سوف اذهب لكي ابحث عن شيء يؤكل

بيدرا:

ولكن إلى أين؟

ستيف:

لا اعرف..

بيدرا:

أريد أن اذهب معك

ستيف:

لا يمكنك ذلك

يجب أن يبقى أحدنا هنا لكي يحرس المكان وفي حالة
ما إذا أتى أي أحد.

فربّما يأتي ذلك الشخص بسيارته فنعود معه

بيدرا:

لما لا نحزم حقائبنا ونغادر المكان؟

ستيف:

لقد فكرت في ذلك ولا يمكننا أن نخاطر بحياتنا

أفضل أن ننتظر حتى يأتي ذلك الشخص الذي أحضرنا

إلى هنا..

بيدرا:

ولكن...

ستيف:

لا تجادليني رجاء..

انتظريني حتى أرجع، لا تخرجي من الخيمة

انتظريني هنا ولا تتحركي من هذا المكان، ولا تبتعدي عن الخيمة.

وسوف أحاول أن أعود سريعا..

لن أتأخر وسوف أحضر معي طعاما نأكله ويكفينا حتى يوم عودتنا إلى المدينة وإلي بيتنا.

هل اتفقنا حبيبتي؟

بيدرا:

نعم..

ولكن.. لا تتأخر.. رجاء..

ستيف:

حسنا..

حبيبتي.. سوف أعود سريعا.. أعدك

قبلها، وودعها، ثم غادر.

حبيبتي.. سوف أعود سريعا.. أعدك

قبلها، وودعها، ثم غادر.

بعد أن غادر ستيف وترك وراءه زوجته تنتظر قدومه، وتتمنى أن يمر هذان اليومان بسرعة لكي يرجعا إلى بيتهما، وقد كانت قلقة على زوجها ستيف ولم تعد تريد البقاء في هذه الغابة التي أصبحت موحشة في نظرها.

ذهب ستيف وترك زوجته وحيدة وخائفة، وغير مطمئنة للوضع.

كانت زوجته تحاول فقط الصبر والانتظار على أمل أن لا يتأخر زوجها ستيف في العودة.

انتظرت بيدرا وانتظرت، ولكن الوقت كان يمر ببطء، فتعبت من الانتظار، ولكنها لم تستطع أن تتمالك نفسها، وهذا ما جعلها تخرج من الخيمة

إذ أنها شعرت بأنها وحيدة ومسجونة، لذا خرجت لكي تستنشق الهواء.

بقيت في الخارج قليلا ولكنها شعرت بحرارة الشمس التي كانت قاسية بعض الشيء، ولم تستطع تحملها على بشرتها فتوجهت نحو الوادي لأنها لم تشأ العودة إلى الخيمة.

توجهت بيدرا نحو الوادي ووجدت هناك شجيرات ممتدة على طول الوادي مليئة بالأزهار الوردية اللون، مليئة بقطرات الندى على بتلاتها وأوراقها تزين الوادي.

فاستظلت هناك تحت إحداها والتي لم تكن عالية جدا فجلست تحتها لكي تنال قسطا من الراحة وبعض الظل.

لقد كانت بيدرا تشعر بعطش شديد، جراء تعرضها لأشعة الشمس لفترة طويلة.

ولأن ذلك الرجل الذي أحضرهما إلى هذا المكان كان قد حذرهما من شرب الماء من الوادي لأنه غير صالح للشرب، ولأن ستيف قد تخلص من قارورات الماء، لأنه أخبرها بأن كلما ما كان لديهما لم يعد صالحا فقد راودتها فكرة.

لأن بيدرا كانت تشعر بعطش شديد قررت أن تشرب من قطرات الندى تلك التي على النباتات بقربها.

عندما ارتشفت بيدرا تلك القطرات تفاجأت بمرارتها، لكن كانت قد ابتلعتها ولم تستطع استرجاعها، ولكنها حاولت فعل ذلك.

في تلك اللحظة أغمي عليها، ولم تنتبه حتى وجدت نفسها في مكان يشبه المكان الذي كانت فيه.

لقد وجدت نفسها مع نفسها، كانت على اثنان، واحدة منهما كأنها خيال.

ثم فجأة جاءت إليها فتاة، فتاة عمرها بالتقريب حوالي السادسة عشر سنة، وكان اسمها ناريوم وقالت لها:

أنا ناريوم ابنة هذه الشجرة.

كانت الفتاة ترتدي فستانا وردي اللون وبه بعض الأطراف الخضراء، لقد كان فستانها يشبه تلك الشجرة.

السيدة بيدرا:

ابنة الشجرة؟

ناريوم:

أجل.. ابنة الشجرة، وأنت قد ارتكبت جرما في حق والدتي الشجرة.

السيدة بيدرا:

أنا ...

فعلت ماذا؟

لست أفهم..

وقد كانت لا تزال تشعر ببعض الدوار، ولا تفهم كل ما كانت تقوله لها تلك الفتاة التي ظهرت من العدم، وهي تعلم جيدا بأن الغابة لا يسهل دخولها، ولا يمكن أن يتواجد بها أحد، كما أن كلام الفتاة كان يبدوا غريبا بعض الشيء.

ناريوم:

اسمعيني جيدا..

أنت لن يمكنك الرجوع إلى المكان الذي جئت منه..

السيدة بيدرا:

لماذا؟

ولكن ماذا تقصدين؟

ناريوم:

اسمعي.. إن توأمتك أو بالأحرى ظلك، قد أصبحت سجينة لدينا.

إنها الآن أسيرة عند الشجرة الأم، بمجرد أن سرقت من عسل الناريوم.

وكان ذلك خطؤك، لذا لا يمكنك الرجوع.

لن يمكنك الرجوع أبدا.

السيدة بيدرا:

هل تقصدين بأنني سجينة هنا، لا.. لا يمكنني الرجوع

أرجوك.. أنا أريد الرجوع..

أنا لست سارقة، ولا يمكنني البقاء هنا..

ناريوم:

بلى.. لقد سرقت، وأنت الآن سجينة

السيدة بيدرا:

أريد العودة.. أرجوك..

ناريوم:

لا لا يمكنك ذلك إلا اذا..

السيدة بيدرا:

إلا إذا ماذا؟

أرجوك.. أخبريني..

ناريوم:

يمكنك العودة إذا قررت ورضيت بأمر يمكنك فعله،
لكي تخرجي أنت من هنا.

السيدة بيدرا:

أمر؟

وما هو؟

أنا يمكنني فعل أي شيء المهم بالنسبة لي هو العودة

ناريوم:

الأمر هو أن تتركي توأمتك هنا، وفي تلك الحالة، يمكنك أنت العودة من حيث أتيت.

أتركيها هنا وأرجعي من حيث جئت لمفردك، يمكنك الرجوع بدونها وتلك هي الحالة الوحيدة والممكنة..

كانت السيدة بيدرا خائفة جدا، فقالت لها:

أقبل.. أقبل..

أرجعوني.. إن زوجي ينتظرني.. هناك..

ناريوم:

حسنا.. لك ما تريدين..

فجأة أغمي على السيدة بيدرا للمرة الثانية وإذا
بزوجها ستيف يناديها، ويبحث عنها في كل مكان حتى
عثر عليها ملقى عليها على الأرض تحت شجرة.

حمل ستيف زوجته السيدة بيدرا وأخذها إلى الخيمة.

خاف السيد ستيف كثيرا على زوجته التي وبعد أن
صحت كانت لا تستطيع التواصل معه رغم أنه كان
بإمكانها سماعه، ولكنها غير قادرة على التواصل معه.

زنبق الوادي

الوادي

كان يا ما كان في أحد الأيام كانت توجد عدة جبال وعدة وديان في مكان خلاب، وكانت تلك الوديان مليئة بالزنبق الأبيض الجرسي.

ولكن مرّت على هذه الوديان مدة طويلة، ولم يتيزن الوادي بالزنبق الجرسي الأبيض ولم يشهد الموسيقى الجرسية المتناغمة، والتي كان لها صوت رائع، تلك الموسيقى التي اعتاد عليها الوادي.

لم تعد الأزهار تنمو وذلك يعود لسبب مجهول،
ولم يكن يعلم السبب في ذلك أي أحد أو حتى أية
مخلوق.

لقد كانت ظاهرة غريبة ومن دون سبب أو ربما،
وراءها سبب ولكنه كان مجهولا.

لقد كان الوادي حزينا جدا، بل كانت كل الوديان
حزينة لشوقها لأجراسها ورائحة الزنبق الغنية.

خيم الحزن على تلك الوديان المسكينة سنين
عديدة، وفقدت معنى الحياة لأنها فقدت السعادة، بل
وأصبحت مجرّد وديان تحتضن الحزن في تفاصيلها،
ولا فرح يعم أركانها الوديان المسكينة.

ولكن.. في يوم أشرقت شمسه بكل رقّة على
الوديان وبعثت أشعتها الذهبية لتحرك برعمة صغيرة.

برعمة صغيرة كانت مولودا جديدا، عندما تحركت دقّ جرس الحياة وانبعثت منه رائحة الزنبق لتنعش وتبعث الحياة في كل الوديان.

إنه يوم السعادة، إنه يوم الولادة الجديدة، ولادة زنبقة تبشر بعودة الحياة إلى سابق عهدها وجمال وعدها، زنبقة الوديان.

سعدت كل الوديان بتلك الزنبقة، ولكن كان هناك أمر غريب، لقد كانت الزنبقة مقلوبة على رأسها، أي أن بتلاتها كانت إلى الأسفل، وكانت منغلقة إلى الأسفل بينما مدقاتها كانت في الأعلى.

لقد كانت زنبقة غريبة، مدقاتها الصفراء كأنها تاج على فستانها الأبيض، إنها عروس الزنابق.

عروس الزنابق التي اذا ما حركتا الرياح أجرست تلك المدقات وبعثت بصوت الأجراس إلى كل الوديان بل كانت وكأنها تعزف معزوفة الحياة.

لقد كانت معجزة جاءت إلى تلك الوديان، لكي تجعل الحياة تصبح أفضل، ولكي تبث الحياة في ويدان كادت تعودت على الصمت وعلى حياة صامتة، حياة لا حياة فيها

وأخيرا.. جاءت هذه المعجزة لكي تعيد الحياة إلى الوديان التي كانت بالفعل بحاجة لتلك المعجزة

مرت ثلاث أيام بلياليها..، والحال على تلك حاله..، والزنبقة العروس تراقص الرياح وتعزف معزوفة الحياة.

وفي اليوم الرابع ومع شروق الشمس حركت خيوط الشمس تلك المدقات الصفراء لتلاعبها كالعادة، وإذا بالمدقات تصعد إلى الأعلى وتخرج منها فتاة جميلة.

فكانت المدقات الصفراء تاج على رأيها والزنبقة البيضاء فستانها، والمعزوفة ناي تحمله بيدها، وتعزف به معزوفة الحياة.

كانت الزنبقة الفتاة حديثة الولادة ولا تجيد استعمال الناي بعد، ولا تجيد المشي أيضا.

حاولت تعلم المشي بمجرد أن وقعت على الأرض وكانت صغيرة جدا.

كان طولها حوالي العشرة سنتيمترات فقط، فكانت تستغرق وقتا طويلا في الانتقال من ورقة إلى ورقة، وبقيت تتدحرج، وتقوم، وتقع حتى وصلت إلى ماء الوادي، حيث كان هناك نبع صغير فرمت بنفسها إلى نبع الوادي لتشرب منه.

وعندما شربت الزنبقة من مياه الوادي تحولت الطفلة الصغيرة إلى امرأة شابة.

لقد أصبحت الطفلة الصغيرة امرأة حقيقية، امرأة كاملة تشع بالأنوثة الجمال.

سيدة شابة جميلة هي ما أصبحت عليه تلك الزنبقة، تلك الزنبقة كانت تحمل رسالة حياة لتلك الوديان، حيث كانت المدقات تخبرها بالرسالة خطوة بخطوة، وهي تطبق ذلك بالحرف الواحد.

لقد كانت المقات بمثابة المعلم لها، والمرشد لخطواتها ولما يجب أن تفعله، مثلما تفعل الأم التي تعلم طفلها أول خطواته وكيف يخطوها في الحياة.

بعد أن أصبحت الزنبقة شابة جميلة توجهت إلى مركز تلك الوديان، حيث هناك وسط الوادي وفي مركزه أوراق الزنبقة العملاقة.

توجهت إليها.. ، وجلست تتأمل جمال الطبيعة، وجمال الوديان والجبال التي تحيط بها وتحميها.

تأملت الزنبقة ذلك المكان، ثم أخذت الناي الذي ولد معها وراحت تعزف للوديان معزوفة الحياة المشبعة بالأمل والحياة.

فكانت الزنبقة الشابة تعزف وتنظر هناك حيث كانت تنمو في الوادي زنابق، كانت الزنابق شيئا فشيئا تملأ الوديان ببياض كالثلج الصافي.

Sommaire

www.ingramcontent.com/pod-product-compliance
Lightning Source LLC
Chambersburg PA
CBHW050548160726
48003CB00002B/800